Genel Yayın: 759

Hümanizma ruhunun ilk anlayış ve duyuş merhalesi, insan varlığının en müşahhas şekilde ifadesi olan sanat eserlerinin benimsenmesiyle başlar. Sanat şubeleri içinde edebiyat, bu ifadenin zihin unsurları en zengin olanıdır. Bunun içindir ki bir milletin, diğer milletler edebiyatını kendi dilinde, daha doğrusu kendi idrakinde tekrar etmesi; zekâ ve anlama kudretini o eserler nispetinde artırması, canlandırması ve yeniden yaratmasıdır. İşte tercüme faaliyetini, biz, bu bakımdan ehemmiyetli ve medeniyet dâvamız için müessir bellemekteyiz. Zekâsının her cephesini bu türlü eserlerin her türlüsüne tevcih edebilmiş milletlerde düşüncenin en silinmez vasıtası olan yazı ve onun mimarisi demek olan edebiyat, bütün kütlenin ruhuna kadar işliyen ve sinen bir tesire sahiptir. Bu tesirdeki fert ve cemiyet ittisali, zamanda ve mekânda bütün hudutları delip aşacak bir sağlamlık ve yaygınlığı gösterir. Hangi milletin kütüpanesi bu yönden zenginse o millet, medeniyet âleminde daha yüksek bir idrak seviyesinde demektir. Bu itibarla tercüme hareketini sistemli ve dikkatli bir surette idare etmek, Türk irfanının en önemli bir cephesini kuvvetlendirmek, onun genişlemesine, ilerlemesine hizmet etmektir. Bu yolda bilgi ve emeklerini esirgemiyen Türk münevverlerine şükranla duyguluyum. Onların himmetleri ile beş sene içinde, hiç değilse, devlet eli ile yüz ciltlik, hususi teşebbüslerin gayreti ve gene devletin yardımı ile, onun dört beş misli fazla olmak üzere zengin bir tercüme kütüpanemiz olacaktır. Bilhassa Türk dilinin, bu emeklerden elde edeceği büyük faydayı düşünüp de şimdiden tercüme faaliyetine yakın ilgi ve sevgi duymamak, hiçbir Türk okuru için mümkün olamıyacaktır.

23 Haziran 1941

Maarif Vekili

Hasan Âli Yücel

HASAN ÂLİ YÜCEL KLASİKLER DİZİSİ

ÖMER HAYYAM
DÖRTLÜKLER
-RUBAİLER-

ÖZGÜN ADI
RUBAİYAT

ÇEVİREN
SABAHATTİN EYÜBOĞLU

Sertifika No: 40077

GÖRSEL YÖNETMEN
BİROL BAYRAM

DÜZELTİ
ALİ ALKAN İNAL

GRAFİK TASARIM UYGULAMA
TÜRKİYE İŞ BANKASI KÜLTÜR YAYINLARI

(BU KİTABIN 1. BASIMI ÇAN YAYINLARI,
GENİŞLETİLMİŞ 2. -10. BASIMLARI CEM YAYINEVİ
TARAFINDAN YAPILMIŞTIR.)

TÜRKİYE İŞ BANKASI KÜLTÜR YAYINLARI'NDA
I. BASIM EKİM 2003, İSTANBUL
XXXVII. BASIM HAZİRAN 2024, İSTANBUL

ISBN 978-975-458-692-3 (KARTON KAPAKLI)

BASKI
YAYLACIK MATBAACILIK
LİTROS YOLU FATİH SANAYİ SİTESİ NO: 12/197-203
TOPKAPI İSTANBUL
(0212) 612 58 60
Sertifika No: 44865

TÜRKİYE İŞ BANKASI KÜLTÜR YAYINLARI
İSTİKLAL CADDESİ, MEŞELİK SOKAK NO: 2/4 BEYOĞLU 34433 İSTANBUL
Tel. (0212) 252 39 91
Faks (0212) 252 39 95
e-posta: info@iskultur.com.tr
www.iskultur.com.tr

ÖMER HAYYAM

DÖRTLÜKLER

–RUBAİLER–

ÇEVİREN:
SABAHATTİN EYÜBOĞLU

Önsöz I

Eski Hayyam çevirilerini okurken bir şeye takılırdım: Nasıl oluyor da, derdim, düşüncesini bu kadar pervasızca söyleyen, hocalara, softalara böylesine çatan bir adam, ağdalı, lügatli, cüppeli bir dille konuşuyor? Farsça bilmediğim için çevirilerin, Hayyam'ın kendi dilinde kullandığı ağıza uyup uymadıklarını kestiremezdim. Onun da, bizim Dîvan şairlerimiz gibi, halkın bilmediği kelimeler kullandığını sanırdım. Abdülbaki Gölpınarlı'nın çevirileri çıktıktan ve kendisine akıl danıştıktan sonra anladım ki düşüncede yaptığını dilde de yapmış, bütün büyük adamlar gibi o da halkın, meydanın kelimeleriyle konuşmuş. Bu kelimelere halkın zor anlayacağı, belki de yanlış yorumlayacağı yeni anlamlar yüklemiş, o başka. Aynı şey Yunanca ve Latinceden, yaşayan Batı dillerine çevrilen yazarların başına da gelmiştir. Bizim Dede Korkut gibi bir halk destancısı olan Homeros'u Fransızlar, yüzyıllarca bir Sorbon profesörü ya da bir akademi üyesiymiş gibi konuşturmuşlardır. Benden önce Hayyam'ı Türkçeye çevirenlerin çabalarını küçümsemiyorum. Tersine, başka başka anladığımız Hayyam'ın sofrasında onlarla oturup tartışmak benim için en büyük zevklerden biri oldu. Bu çeviriler, Hayyam'ın dörtlüklerini yeniden yorumlama, kendini zamanımızın şiir anlayışıyla yeniden tanıtma denemesidir.

Türkçe Hayyam'a benden önceki çevirilerden daha çok, benden sonrakilerden daha az yaklaşmış olduğuma inanıyorum. Ayrıca şuna da inanıyorum ki, biz, bugünkü Anadolu Türkleri, Doğu klasiklerini yeni baştan anlamak ve anlatmak zorundayız. Başta Kur'an olmak üzere Arap ve Fars edebiyatını, biz bugüne kadar, iyi kötü, doğru yanlış demeden aklımızı, sağduyumuzu kullanmadan bir çeşit kıble saymış, Hafız'ın serçe kuşu dediğinde bir zümrüdü anka görmüş, Sadi'nin ev dediğini saraya çevirmişiz. Onları asıllarındaki sadelikle görürsek, yeniden ve daha kökten kazanabiliriz.

Sabahattin Eyüboğlu

Önsöz II

Hayyam Doğulu bir düşünce ve şiir adamı olmasına karşın, daha çok Batı'da gerçek değerini bulmuş. Neden dersiniz? Yunan filozoflarıyla bir yakınlığı, gelenekleri ceviz kabuğu gibi kırıp öze gitmek istediği, başkalarından çok kendini söylediği, dünya ötesini inkâr ettiği, bilgin olduğu kadar bilimden kuşkulandığı için mi? Bunu düşüneduralım, Hayyam'ın Doğu'da filozof yanından çok şair yanıyla tanındığını, söylediğinden çok söyleyişiyle sevildiğini, yorumlamalarla gerçek Hayyam'ın aranmadığını söyleyebiliriz. Dedelerimiz Hayyam'ı ya ermiş bir din adamı ya da sadece bir keyif adamı olarak görmüş ve göstermişler. Kaldı ki Doğu'da eskiden Hayyam'ın şiirlerini okuyan kim? Beş on kişi; kimseye hesap vermek zorunda olmayan Hayyam gibilerin bir gün kitap ve şarap parasını veren, bir başka gün de boynunu vurduran mutlular mutlusu bir azınlık. O zaman ve çok daha sonra, daha düne kadar, basın yok ki, Hayyam padişahlardan daha çok sevdiği halka sesini duyursun. Sorumsuz beyzadeler Hayyam'ı diledikleri anlamda okuyup geçmişler: Hayyam'ın kendilerine attığı tokatları meze yapmışlar.

Kimmiş bu Hayyam? Abdülbaki Gölpınarlı'nın araştırmalarından, Hayyam'ın 1121-1122 yıllarında ölmüş, zamanında dörtlükleri, yıldızlar bilgisi, bir terazi buluşu, dünyasına küsmüşlüğü, ermişliği, herkesten başka türlülüğüyle tanınmış, masallaşmış bir bilge olduğunu ve kendi eliyle yazılmış hiçbir yazısı bulunmadığını ve dörtlüklerinin ölümünden sonra şurda burda birer ikişer yazılıp toplu halde ancak onbeşinci yüzyıldan kalma kitaplarda görüldüğünü öğreniyoruz.

A. Gölpınarlı'nın yayımladığı rubailer en eski ve en inanılır kaynaklardan alınmadır. Bununla beraber bunlardan hangileri Hayyam'ın, hangileri Hayyamca başkalarınındır, kesin olarak söylenemez. Ne var ki Hayyam, o kadar herkesten başka, o kadar kendi olmuş ki onun adına ancak onun söyleyebileceği sözler söylenmiş. Bu arada birçok şairler kendilerinin söylemekten çekindikleri, yahut kendi adlarıyla inandırıcı olmaz sandıkları şeyleri Hayyam'a söyletmiş, Hayyam'ın ağzıyla kendi içlerini dökmüş olabilirler. Böylece Hayyam bir çok dereleri içip büyüyen, pembe üstüne pembe gele gele kızıllaşmış bir ırmak olmuş. Hemen bütün peygamberlerin başına gelen de bu değil mi? Sözlerini kendi yazmamış, hangi peygamberlerin sözlerine kimsenin bir şeyler katmadığı ileri sürülebilir? Biz daha dün ölen Atatürk'e bile neler söyletiyoruz bugün. Bizim edebiyatımızda Yunus, Pir Sultan Abdal, Köroğlu gibi kendi ellerinden çıkma hiçbir şey kalmamış, ama yüzyıllarca adlarına, onların ağızları güçlü kişiliklerinin yordamıyla söylemiş nice şairler vardır. Hattâ bazıları belki hiç söylememiş de söyletmişler: Sözlerini halk söylemiş. Pir Sultan ve Köroğlu böylesi olabilir. Ama bu oluş, şiirlerinin değerini hiç de azaltmaz, bir bakıma çoğaltır bile. Homeros destanlarını kendi söylediği için mi, bir sürü şaire söylettiği için mi büyük şairdir?

Hayyam'ı söylememiş de söyletmişler arasına koyamayız; çünkü dörtlüklerin düzenini ancak usta bir şair kurmuş ya da öğretmiş olabilir. Üstelik de Hayyam'da bir değil birçok davranışlar, ancak kendisinin göze alabileceği beklenmedik çıkışlar var. Öyle dörtlükleri var ki, fazla saldırgan oldukları için, Hayyam'ın olmadıkları sanılıyor. Camiye namaz kılmaya değil, halı çalmaya gittiğini söylediği, yahut kendini yaşlı bir fahişeye benzettiği dörtlük A. Gölpınarlı'yı bile kuşkulandırıyor. Yalnız felsefî olanlara değer veren Rıza Tevfik, düpedüz şarabı öven dörtlüklerin Hayyam'ın olamıyacağına inanıyor, inananlara da budala diyor. Abdullah Cevdet, başka baskıların çoğunda bulunmayan beklenmedik bazı dörtlüklerde asıl Hayyam'ı buluyor. Hüseyin Rifat'sa âşık Hayyam'ı ötekilerden daha sahici sayıyor. Yahya Kemal'in en çok sevdiği ve Türkçeye çevirdiği dörtlüklerden birkaçını elime geçen metinlerin hiç birinde bulamadım. Fitzgerald'ın aşırı bir serbestlikle İngilizceye çevirdiği ve ondokuzuncu yüzyılda bütün Batı'ya sevdirdiği rubailerin birçoğu bilginlerce Hayyam'ın değildir. Abdullah Cevdet'in kitabında yalnız Fransızcasının fotoğrafı görülen şöyle bir rubai var:

Hiç bir kelime atlamadan Türkçeye çeviriyorum;

Ben olmayınca bu güller, bu serviler yok.
Kızıl dudaklar, mis kokulu şaraplar yok.
Sabahlar, akşamlar, sevinçler, tasalar yok.
Ben düşündükçe var dünya, ben yok o da yok.

Bu dörtlüğü de başka hiçbir yerde bulamadım. Kim bilir nerden almış F. Toussaint. Hayyam böyle bir şey söyler mi söylemez mi? Hayyam'dan hiçbir yazma kalmadığına göre ne kadar tartışsak, ne kadar kuşkulansak boş. Bilginler olsa olsa, onun yaşadığı çağda kullanılması imkânsız kelimelerden, sonradan doğduğu su götürmez kavramlardan Hayyam'ın yazmış olamıyacağı dörtlükleri kestirebilirler. Ama onlar bile gerek öz gerek biçim bakımından Hayyam'a yakıştırmış olduklarına göre ondan başka kime maledilebilir? Onun düşüncesi, onun sanatı değil mi onları başka ellerle yoğuran. Bu düşünce ile ben bu seçmede, Abdülbaki üstadımızın kitabını temel diye almakla beraber, bizde ve Batı'da çıkmış bilim değeri çok daha az kitaplardan beş on dörtlük topladım. Hayyamcayı değil de, Hayyam'ın kendini merak edenlerin Abdülbaki'nin kitabına başvurmaları gerekir. İkimizi birden okumalarında Hayyam'ın da, Abdülbaki'nin de bir sakınca göreceklerini sanmıyorum.

Belki hiç de gerekli olmayan bu önsözde, fırsat bu fırsat, bir şey daha söylemek istiyorum. Bir öğretmen arkadaşım *Tercüme Dergisi*'nde çıkan Hayyam çevirilerim dolayısıyla bana çatmış ve aşağı yukarı şunları söylemişti: Batılı bir edebiyat anlayışına yöneldiğimiz ve sizin de yazılarınız ve çevirilerinizle bu anlayışı desteklediğiniz bu yıllarda Ömer Hayyam gibi özü ve biçimiyle Doğulu insan ve dünya gerçeklerinden çok şaraba ve sevgiliye çevrik bir şairi öne sürmeniz, sevdirmeye çalışmanız yersiz değil mi? Mevlâna, Sadi, Yunus, Hacı Bektaş, Pir Sultan gibi Doğulu şairlere olan sevgim dolayısıyla da buna benzer azarlar işitmişimdir. Hayyam'ı, dolayısıyla kendimi şöyle savunmuştum kısaca. Doğu ve Batı ayrılığı sanatçılar arasında değil toplum düzenleri, devlet biçimleri, din ve ahlâk anlayışları arasında olmuştur. Kültür için Doğu-Batı diye ayrı ülkeler yok, yayılma, gelişme imkânlarının azalıp çoğaldığı yerler ve zamanlar vardır. Bizim yaşadığımız çağda Hayyam'ın da içinde bulunduğu kültürün, bir tek olan dünya kültürünün nefes alabildiği yer

Batı'dır. Doğu'da ise kültür türlü sebeplerle içine kapanıp boğulmuş. Bu yüzden aynı Hayyam Batı'da insan düşüncesinin gelişmesine yardım ederken Doğu'da ister istemez kapanıp körleşmesine yardım etmiş; aynı Hayyam Batı'da kendini aşmaya, Doğu'da kendini silmeye götürmüş; aynı Hayyam Batı'da bir devrimci diye yorumlanmış, Doğu'da bir uyarıcı diye. Bütün gerçek sanatçılar gibi, yani kendini aşan sanatçılar gibi, Hayyam da bugün kültürün sığındığı, saygı gördüğü, geliştiği yerin, Batı'nın adamıdır. Hayyam'ın doğduğu ve öldüğü yer nerede olursa olsun dörtlükleri kültürün, dolayısıyla doğruluğun en ileride olduğu yer neresiyse oralıdır. Diyeceksiniz ki Hayyam Batılı da olsa bizim bildiğimiz bir şair. Bilmediklerimizi Türkçeye çevirmek dururken ne diye Hayyam? Şundan ötürü Hayyam ki, onu atalarımız konuşmadığı bir dille, hiç sevmediği insanların kafasıyla konuşturmuşlar. Şiirini halkın diliyle söyleyen Hayyam bizde halk düşmanlarının diliyle söylemiş. Onu bugünün anlayışıyla ve bugünün söyleyişiyle Türkçeye çevirmek, Hayyam'ın atalarımıza anlatamadığı ilk dersi, düşündüğünü konuştuğu dille yazmak dersini hatırlatmak hiç de küçümsenecek bir iş değildir. Hayyam'ın düşündükleri bugün düşündüklerimize uymasa bile –ki çok yerde uyuyor da– yalnız söyleyişi bile en yeni şaire örnek olabilir.

Ne mutlu düşündüğünü onun kadar rahat söyleyebilene.

Sabahattin Eyüboğlu

Önsöz III

Hayyam çevirileri uzun süre bir çeşit tiryakilik oldu benim için. Daha iyisini yapamam deyip bıraktığım dörtlükleri yeniden ele alıp değiştirdiğim, değiştirdiğime pişman olduğum çok oldu. Çevirmekten vazgeçtiğim dörtlüklere kaç kez döndüm, döndüğüme iyi ettim derken de yeniden vazgeçtim. Benzerleri var nasıl olsa deyip kendimi avutuyordum. Yarım kalmış çevirilerim basılanlardan daha az değildi. Basılmayanlar arasında Hayyam'ın en ünlü dörtlükleri de vardı. Bunlarda Hayyam Farsçayla öyle oynuyordu ki Türkçe karşılığını aramak boşunaydı. Örneğin bir saray yıkıntısında öten kumrunun ku-ku'ları Farsça "Nerde? Nerde?" anlamına da geliyordu. Kumrunun büyüklük taslayanlarla alay edişini Türkçe "Guguk!" az çok veriyordu, ama "Nerde?" sorusunun derinliği yok oluyordu. Bu yüzden bir yana bırakmıştım o dörtlüğü. Çevirilerimde o dörtlüğü arayıp bulamayan bir dostun sitemini haklı buldum. Biçim kaygısıyla özü feda etmiş oluyordum. Benim işim Hayyam kadar güzel söylemek değil (zaten kimin gücü yeter buna?)

Türkçede Hayyam'ın havasını vermeye çalışmaktı. Kelime oyunu olmayan çevirilerde de çok şeyler kayboluyordu nasıl olsa. Onun için çevirdiğim bütün dörtlükleri bir kez daha düzelterek bu yeni basıma alıyorum. Paul Valéry, şiiri, çeviride kaybolan şey diye tanımlar. Doğrudur; ama bir çeşit açıklama ve yorumlama olarak şiir çevirilerinin, büyük şairleri insanlığa mal etmekteki hizmeti de yadsınamaz. Kaldı ki, Valéry'nin biraz tersine, şu da haklı olarak söylenebilir: Şiir, en kötü çevirilerde bile büsbütün yitmeyen şeydir.

Bu kitapta Hayyam'ın sayılan, sanılan ya da sanılmayan bütün dörtlükleri bir araya gelmiş değildir elbet, hiçbir kitapta gelmesi de beklenemez. Ama köşede bucakta bulunabilecek başka dörtlüklerin bu kitaptakilere fazla bir şey katabileceğini de sanmam.

Sabahattin Eyüboğlu

DÖRTLÜKLER

Ey özünün sırlarına akıl ermeyen;
Suçumuza, duamıza önem vermeyen;
Günahtan sarhoşum, ama dilekten ayık;
Umudumu rahmetine bağlamışım ben.

Büyükse de isyanım, kötülüklerim,
Yüce Tanrı'dan umut kesmiş değilim;
Bugün sarhoş ve harap ölsem de yarın
Rahmete kavuşur elbet kemiklerim.

Tanrım bir geçim kapısı açıver bana;
Kimseye minnetsiz yaşamak yeter bana;
Şarap içir, öyle kendimden geçir ki beni
Haberim olmasın gelen dertten başıma.

Rahmetin var, günah işlemekten korkmam;
Azığım senden, yolda çaresiz kalmam;
Mahşerde lütfunla ak pak olursa yüzüm
Defterim kara yazılmış olsun, aldırmam.

Derde gama yatkın yüreğime acı;
Bu tutsak cana, garip gönlüme acı;
Bağışla meyhaneye giden ayağımı,
Kızıl kadehi tutan elime acı.

Akıl bu kadehi övdükçe över;
Alnından sevgiyle öptükçe öper;
Zaman ustaysa bu canım nesneyi
Hem yapar hem kırıp bin parça eder.

Ey zaman, bilmez misin ettiğin kötülükleri?
Sana düşer azapların, tövbelerin beteri.
Alçakları besler, yoksulları ezer durursun:
Ya bunak bir ihtiyarsın ya da eşeğin biri.

Her sabah yeni bir gün doğarken,
Bir gün de eksilir ömürden;
Her şafak bir hırsız gibidir
Elinde bir fenerle gelen.

Dünya dediğin bir bakışımızdır bizim;
Ceyhun nehri kanlı gözyaşımızdır bizim;
Cehennem, boşuna dert çektiğimiz günler,
Cennetse gün ettiğimiz günlerdir bizim.

Yaşamanın sırlarını bileydin
Ölümün sırlarını da çözerdin;
Bugün aklın var, bir şey bildiğin yok:
Yarın, akılsız, neyi bileceksin?

İçin temiz olmadıktan sonra
Hacı hoca olmuşsun, kaç para!
Hırka, tesbih, post, seccade güzel:
Ama Tanrı kanar mı bunlara?

Var mı dünyada günah işlemeyen, söyle;
Yaşanır mı hiç günah işlemeden, söyle;
Bana kötü deyip kötülük edeceksen,
Yüce Tanrı, ne farkın kalır benden, söyle.

Felek ne cömert aşağılık insanlara!
Han hamam, dolap değirmen, hep onlara.
Kendini satmayan adama ekmek yok:
Sen gel de yuf çekme böylesi dünyaya!

Bilgenin yüreğinde her dilek,
Anka kuşu gibi gizli gerek.
Damla nasıl inci olur denizde:
Sedefler içinde gizlenerek.

Ovada her kızıl lâlenin teni
Bir padişahın kanıyla beslendi.
Yerden biten şu mor menekşe yok mu?
Bir güzelin yanağındaki bendi.

Mal mülk düşkünleri rahat yüzü görmezler,
Bin bir derde düşer, canlarından bezerler.
Öyleyken, ne tuhaftır, yine de övünür,
Onlar gibi olmayana adam demezler.

Gül verme istersen, diken yeter bize.
Işık da vermezsen, ateş yeter bize.
Hırka, tekke, post most olmasa da olur,
Kilise çanları bile yeter bize.

Beni özene bezene yaratan kim? Sen!
Ne yapacağımı da yazmışın önceden.
Demek günah işleten de sensin bana:
Öyleyse nedir o cennet cehennem?

İnsan bastığı toprağı hor görmemeli:
Kim bilir hangi güzeldir, hangi sevgili.
Duvara koyduğun kerpiç yok mu, kerpiç?
Ya bir şah kafasıdır ya da vezir eli!

Hak er geç cimrilerin hakkından gelir;
Cehennem ateşleri onlar içindir.
Ne der, dili inciler saçan Muhammed:
Cömert gâvur cimri müslümandan yeğdir.

Varlığın sırları saklı senden, benden;
Bir düğüm ki ne sen çözebilirsin, ne ben.
Bizimki perde arkasında dedikodu:
Bir indi mi perde, ne sen kalırsın, ne ben.

Bir geldi mi derin ölüm uykusu,
Biter bu dünyanın dedikodusu.
Ölenden bir haber bekler insanlar:
Ne söylesin. Bilmez ki ne olduğunu!

Yel eser, umutlar savrulur gider;
Sensiz, bensiz kalır bağlar bahçeler;
Altın gümüş nen varsa harcamaya bak!
Ölür gidersin, düşmanın gelir yer.

Sevgili, seninle ben pergel gibiyiz:
İki başımız var, bir tek bedenimiz.
Ne kadar dönersem döneyim çevrende:
Er geç baş başa verecek değil miyiz?

Dünyada akla değer veren yok madem,
Aklı az olanın parası çok madem,
Getir şu şarabı, alsın aklımızı:
Belki böyle beğenir bizi el âlem!

Ferman sende, ama güzel yaşamak bizde:
Senden ayığız bu sarhoş halimizde.
Sen insan kanı içersin, biz üzüm kanı:
İnsaf be sultanım, kötülük hangimizde?

Bu dünyadan başka dünya yok, arama;
Senden benden başka düşünen yok, arama!
Vazgeç ötelerden, yorma kendini:
O var sandığın şey yok mu, o yok, arama!

Şu serviyle süsen neden dillere destan?
Neden hep onlara benzetilir hür insan?
Birinin on dili var, boşboğazlık etmez,
Ötekinin yüz eli var el açmaz, ondan!

Benim halimden haber sorarsan,
Bir çift sözüm var sana, yürekten:
Sevginle gireceğim toprağa,
Sevginle çıkacağım topraktan.

Şu dünyada üç beş günlük ömrün var,
Nedir bu dükkânlar, bu konaklar?
Ev mi dayanır, bu sel yatağına?
Bu rüzgârlı yerde mum mu yanar?

Dün geldi: Nedir aradığın? dedi bana:
Bensem, ne bakarsın o yana bu yana?
Kendine gel de düşün, içine iyi bak:
Ben senim, sen ben; aranıp durma boşuna!

Sabah doldu göklere mavi mavi;
Doldur, ışık döker gibi, kâseyi!
Acı olmasına acıdır şarap:
Ama gerçek acıdır demezler mi?

Adam olduysan hesap ver kendine:
Getirdiğin ne? Götüreceğin ne?
Şarap içersem ölürüm diyorsun:
İçsen de öleceksin, içmesen de!

Camiye gittim, ama Allah bilir niye:
Ne namaz kılmaya, ne dua etmeye.
Eskiden bir kilim aşırmıştım camiden:
O eskidi gittim yenisini yürütmeye.

Kimi dinde imânda buldu yolu
Kimi akıl, bilim yolunu tuttu.
Derken bir ses geldi karanlıklardan:
Gafiller! Doğru yol ne odur, ne bu!

Her gece aklım dalar gider engine.
Ağlarım, inciler dolar eteğime.
Sevdalıyım, şarap dayanmıyor bana:
Kafam baş aşağı çevrik bir tas mı ne!

Dünya ne verdi sana? Hep dert, hep dert!
Güzel canın da bir gün uçar elbet.
Toprağında yeşillikler bitmeden
Uzan yeşilliğe, gününü gün et.

Şarap sen benim günüm güneşimsin!
Öyle bir dolsun ki seninle içim.
Bir bildik görünce beni sokakta:
Ne o şarap, nereye böyle? desin.

Ben ne camiye yararım, ne havraya!
Bir başka hamur benimki, başka maya.
Yoksul gâvur, çirkin orospu gibiyim:
Ne din umurumda, ne cennet, ne dünya!

Bir kuş gördüm yüce Tus kalesinde,
Keykâvus'un kafatası pençesinde.
Sorup duruyor kafaya: Hani? Nerde?
Adamların, davul dümbeleğin nerde?

Şu testi de benim gibi biriydi;
O da bir güzele vurgun, dertliydi.
Kim bilir, belki boynundaki kulp da
Bir sevgilinin bembeyaz eliydi.

İnciyi isteyen dalgıç olacak;
Varı yoğu dosta verip dalacak.
Canı avucunda, nefesi göğsünde:
Ayağı baş olacak, başı ayak!

Girme şu alçakların hizmetine:
Konma sinek gibi pislik üstüne.
İki günde bir somun ye, ne olur!
Yüreğinin kanını iç de boyun eğme.*

Bir taş bulamazsın ki doğu ovalarında
Küfretmesin bana da, benim zamanıma da
Yüz adım yürü bak, bir dertli insan görürsün:
Bunalmış, otura kalmış yolun kenarında.

* *(Yayın notu) Dörtlüğün bir benzeri s.173'tedir.*

Güneş attı göğe sabah kemendini:
Aydınlık padişahı atına bindi.
İçin! İçin! diye bağırdı dört yana
Canım sabah şarabının müezzini.

Bu kadeh bir bedendir, cana gebe!
Bir yasemindir, erguvana gebe!
Hayır; yanlış; ne odur şarap ne bu:
Bir sudur, bir su ki yangına gebe!

Gökte bir öküz varmış, adı Pervin;
Bir öküz de altındaymış yerin.
Sen asıl iki öküz arasında
Tepişmesine bak şu eşeklerin!

Ne bilginler geldi, neler buldular!
Mumlar gibi dünyaya ışık saldılar.
Hangisi yarıp geçti bu karanlığı?
Birer masal söyleyip uyuyakaldılar.

Bir sır daha var, çözdüklerimizden başka!
Bir ışık daha var, bu ışıklardan başka.
Hiçbir yaptığınla yetinme, geç öteye:
Bir şey daha var bütün yapıtlardan başka.

Bir damla şarap ver Çin senin olsun;
Bir yudumu bütün dinlerden üstün.
Söyle, ne var dünyada şaraptan hoş?
O acıya tatlılar feda olsun.

Biz gerçekten bir kukla sahnesindeyiz:
Kuklacı felek usta, kuklalar da biz.
Oyuna çıkıyoruz birer, ikişer;
Bitti mi oyun, sandıktayız hepimiz.

Dünya üç beş bilgisizin elinde;
Onlarca her bilgi kendilerinde.
Üzülme; eşek eşeği beğenir:
Hayır var sana kötü demelerinde.

Dedim: Artık bilgiden yana eksiğim yok;
Şu dünyanın sırrına ermişim az çok.
Derken aklım geldi başıma, bir de baktım:
Ömrüm gelip geçmiş, hiçbir şey bildiğim yok.

Cennette huriler varmış, kara gözlü;
İçkinin de ordaymış en güzeli.
Desene biz çoktan cennetlik olmuşuz:
Bak, bir yanda şarap, bir yanda sevgili.

Sen sofusun, hep dinden dem vurursun;
Bana da sapık, dinsiz der durursun.
Peki, ben ne görünüyorsam oyum:
Ya sen? Ne görünüyorsan o musun?

Varlık yokluk derdini aklından sil;
Bırak öteleri de kendini bil.
Doldur şarabı, geniş bir nefes al:
Kaç nefes alacağın belli değil.

Bir elde kadeh, bir elde Kuran;
Bir helâldir işimiz, bir haram.
Şu yarım yamalak dünyada
Ne tam kâfiriz, ne tam müslüman!

Ey kör! Bu yer, bu gök, bu yıldızlar boştur boş!
Bırak onu bunu da gönlünü hoş tut hoş!
Şu durmadan kurulup dağılan evrende
Bir nefestir alacağın, o da boştur boş!

Leylâ isteyen kişi Mecnun olmalı;
Kendinden de, dünyasından da geçmeli.
Sevenlerin sofrasına çağrılınca
Ben körüm, ben dilsizim demeli.

Öldürmek de, yaşatmak da senin işin;
Bu dünyayı gönlünce düzenleyen sensin.
Ben kötüyüm diyelim, kimde kabahat?
Beni böyle yaratan sen değil misin?

Ben kadehten çekmem artık elimi;
Tutmam senin kitabını, minberini.
Sen kuru bir softasın, ben yaş bir sapık:
Cehennemde sen mi iyi yanarsın, ben mi?

Eşi dostu verdik birer birer toprağa;
Kiminden bir taş bile kalmadı ortada.
Sen, yorgun katır, hâlâ bu kalleş çöldesin:
Sırtında bunca yük, yürü bakalım hâlâ.

Gözüm, kör değilsen, bunca mezarı gör;
Dünyayı saran yalan dolanları gör;
Krallar, padişahlar çürüyüp gitmiş:
Elâ gözlerine kurt dolanları gör!

Felek doğruyu eğriyi tartaydı,
Her işine güzel demek kolaydı.
Böyle mi yaşardı iyiler dünyada,
Evrenin özü doğruluk olaydı?

Duman değil mi dünya mutfağında payın?
Öyleyse ha olmuşun, ha olmamışın.
Senin zorunsa sermayeden yememek:
Bekle, bekle de başkası yesin yarın.

Bayram geldi; işimiz iştir bu aralık;
Horoz kanı gibi şarap bollaşır artık.
Gel gelelim eşekler de boş gezer şimdi:
Oruç gemi ağızlarından çıkar, yazık!

Hep arar dururdum, dünyaya geleli,
Alın yazısını, cenneti, cehennemi.
Hocam kesti attı, sağlam bilgisiyle:
Alın yazısı, cennet, cehennem sende, dedi.

Yarım somunun var mı? Bir ufak da evin?
Kimselerin kulu kölesi değil misin?
Kimsenin sırtından geçindiğin de yok ya?
Keyfine bak: En hoş dünyası olan sensin.

Bahar geldi; başka şey istemem kafamda;
Hele akla hiç yer vermem bahar soframda;
Şarap, seninleyim bu mevsim, koru beni
Söğüt ağacı, sen de ser gölgeni altıma.*

Tanrı, cennette şarap içeceksin, der;
Aynı Tanrı nasıl şarabı haram eder?
Hamza bir Arab'ın devesini öldürmüş:
Şarabı yalnız ona haram etmiş Peygamber.

* *(Yayın notu) Dörtlüğün bir benzeri s.109'dadır.*

Nerde yüreği tertemiz uyanık insan?
Nerde güzel düşünceler ardında koşan?
Herkes kendi kafasının kulu kölesi:
Hani Tanrı'nın kulu, nerde o kahraman?

Kim için bu yerler gökler? Bizim için.
Biz görüş cevheriyiz akıl gözünün
Evren bir yüzük gibiyse çepeçevre
İnsan, taşında bir nakış o yüzüğün.

Yüce Varlık bize bir beden verince
Sevmesini öğretti her şeyden önce
Sonra şu delik deşik yüreğimize
Manâ incileri sakladı binlerce.

Niceleri geldi, neler istediler;
Sonunda dünyayı bırakıp gittiler;
Sen hiç gitmeyecek gibisin, değil mi?
O gidenler de hep senin gibiydiler.

Vakit geldi, dünya yeşiller giyecek;
Ağaçlara Musa'nın eli değecek,
Kuru tohumlara İsa'nın nefesi;
Gözler açıp buluta çevirecek.

Gerçek eren içinde kir tutmayandır;
Varlığını korkusuzca hiçe sayandır;
Bu topraklar üstünde en temiz kişi
Sağlığında toprak kesilmiş olandır.

Ey can, sana aklı niçin vermiş veren?
Kendini bil, yolunu bul yitip gitmeden.
Baykuş gibi ne gezersin viranelikte,
Yerin akdoğan gibi sultanın eliyken?

Onlar ki kurtulamaz ikiyüzlülükten
Canı ayırmaya kalkarlar bedenden;
Horoz gibi tepemde testere olsa
Aklımın kafasını keser atarım ben.

Bir yanarım Tanrı özlemiyle Musa gibi;
Bir ölürüm murada ermeden Yahya gibi;
Yarı gökte kalırım hep bir iğne yüzünden,
Hep bir başka derdin terzisiyim İsa gibi.

Dert çekme boşuna, hep gül de yaşa;
Zulüm yolunda hakkı bul da yaşa;
Sonu yokluk madem bu dünyamızın
Yok bil kendini, özgür ol da yaşa.

Ramazan ayı bu yıl da geldi yine;
Vurdu bukağıyı aklın bileğine;
Tanrım bu halka bir gaflet ver de bari
Ramazanı Şevval sansınlar bu sene.

Ey doğru yolun yolcusu, çaresiz kalma;
Çıkma kendinden dışarı, serseri olma;
Kendi içine sefer et erenler gibi:
Sen görenlerdensin, dünya seyrine dalma.

Duru sudan daha temizdir benim sevgim;
Sevgiyle bu oynayış da hakkımdır benim;
Halden hale girer başkalarında sevgi:
Neyse hep odur benim sevgim ve sevgilim.

Dünya padişahın, kayserin, hakanın olsun;
Cehennem kötünün, cennet iyinin olsun;
Tesbih meleklerin olsun, temizlik Rızvan'ın:
Sevgili bizim olsun, canı canımız olsun.

Ey güzel, sen ki bana derdi derman edensin;
Şimdi: Çekil önümden, diye ferman edersin;
Senin yüzün canımın kıblesi olmuş bir kez;
Ne yapsın, kıble mi değiştirsin bu can dersin?

Aşk o yüce mimar, beden evimi kurunca
Aşk dersini yazdırdı bana her dersten önce
Sonra bir parça altın koparıp yüreğimden
Bir anahtar yaptı mana hazinelerine.

Bizim şarap içmemiz ne keyfimizden,
Ne dine, edebe aykırı gitmemizden;
Bir an geçmek istiyoruz kendimizden:
İçip içip sarhoş olmamız bu yüzden.

Biliyorum varlığın, yokluğun dış yüzünü;
Yükselmenin de, alçalmanın da içyüzünü;
Ne çıkar öte yanını da bilsem feleğin:
Bezmişim bilgiden, atmışım her türlüsünü.

Baharlar yazlar gider, kara kış gelir;
Varlığın yaprakları dürülür bir bir;
Şarap iç, gam yeme; bak ne demiş bilge:
Dünya dertleri zehir, şarap panzehir.*

Gülün yüzünde çiy tanesi nevruzun ne hoş;
Yeşillikte canı aydınlatan yüzün ne hoş;
Geçmiş gitmiş gün üstüne ne söylesen boş:
Bırak dünü, hoş et gönlünü, bak bugün ne hoş.

* *(Yayın notu) Şiirin ilk iki dizesi farklı türevi s.194'tedir.*

Bilgisizliğimi sundum durdum âleme;
Bir yoksulluk karanlığı çöktü gönlüme;
Utandım günahımdan, müslümanlığımdan:
Bundan böyle zünnar takacağım belime.

Bir su, bir damla suymuşuz, bele düşmüşüz;
Şehvet ateşiyle dışarı savrulmuşuz;
Yarın yel savuracak toprağımızı:
İçelim, hoş geçsin üç nefeslik ömrümüz.

Bahtımın kökü yeşerip dal budak da verse
Eğretidir bu ömür diye giydiğin elbise;
Mıhları gevşek bir gölgeliktir beden çadırı,
Pek dayanma sakın ne kadar sağlam da görünse.

Ben de geçtim gittim bu zulüm yurdundan,
Elimde yelden başka bir şey kalmadan;
Ama var mı, ölümüme sevinip de
Ecelin şaşmaz tuzağından kurtulan?

Orucumu yiyorsam ramazanda
Mübarek aydan habersizim sanma:
Çileden gece oluyor da gündüzüm
Sahura kalkıyorum gün ortasında.

Yılan gibi taşa girsen de, sakî,
Sızar ecelin suyu bulur seni;
Bu dünya toprak, sakî, türkü söyle;
Bu soluk bir yel, şarap ver, sakî.

Gönül Bijen'i kuyu gibi gam zindanında;
Akıl Sühráb'ı ölmüş derdinin sayvanında;
Dünya Siyavuş'unun öcünü almak için
Gam, Rüstem'in Turan gibi gönlünü talanda.

Ey yanağı ağustos gülünü bastıran;
Ey yüzü Çin güzellerini kıskandıran;
Bakışı Babil şahını büyüde yenip
Elinde at, fil, ruh, ferz, baydak bırakmayan.

Elimde olsa dünyayı küçümserdim;
İyisine de kötüsüne de yuf çekerdim;
Daha doğrusu bu aşağılık yere
Ne gelirdim, ne yaşardım, ne ölürdüm.

Şarap iç, birebirdir derde tasaya;
Ne bu dünya kalır, ne öteki dünya.
Ne serin ateştir o, ne cam dolu su:
Çabuk ol, bulup içemezsin mezarda.

Felek, delik deşik ediyorsun yüreğimi;
Yırtıyorsun ikide bir sevinç gömleğimi,
Esen yelleri ateş ediyorsun bana;
Çamura çeviriyorsun içeceğimi.

Haram, acı, kötü derler canım şaraba:
Oysa ne hoş şey, hele bir güzel sunarsa;
İçin bakın; hem doğrusunu isterseniz,
Haram dedikleri her şey hoş galiba!

Dedim ben artık bu kızıl şarabı içmem;
Üzümün kanıymış bu, ben kan dökmek istemem.
Gün görmüş aklım şaşırdı: Sahi mi? dedi;
Yok canım, dedim; şaka, ben nasıl içmem!

Sen bu dünyanın sırlarına eremezsin;
Erenlerin dilini de söktüremezsin;
İyisi mi iç şarabı, cennet et bu dünyayı:
Öbür cennete ya girer, ya giremezsin.

Bulut geldi; lâlede bir renk bir renk!
Şimdi kızıl şarap içmemiz gerek.
Şu seyrettiğin serin yeşillikler
Yarın senin toprağında bitecek.

İki batman şarap, bir buğday ekmeği;
Bir koyun budu, bir de ay yüzlü sevgili;
Daha ne istenir bilmem şu dünyada:
Padişah daha iyisini bulabilir mi?

Dünyaları değişmem kızıl şaraba;
Ay da ondan sönük; çobanyıldızı da.
Şarap satanların aklına şaşarım:
Ondan iyi ne var alınacak dünyada?

İnsan son nefese hazır gerekmiş:
Nasıl ölürse öyle dirilecekmiş.
Biz her an şarap ve sevgiliyleyiz:
Böylece dirilirsek işimiz iş.

Biz de çocuktuk, bir şeyler öğrendik,
Bildiklerimizle övündük, eğlendik.
Şu oldu, bu oldu da ne oldu sonra?
Bir bulut gibi geldik, yel gibi geçtik.

Hayyam bilgelik çadırları dokundu;
Sonra dert potasında yandı kül oldu.
Bir pula satıldı kader çarşısında,
Ölüm cellâdı geldi, boynunu vurdu.

Dostum, gel yarına kanmayalım biz;
Günümüzü gün edelim ikimiz.
Yarın çekip gittik mi şu konaktan
Yedi bin yıl önce gidenlerleyiz.

Ömrümüzden bir gün daha geldi geçti;
Derede akan su, ovada esen yel gibi.
İki gün var ki dünyada, bence ha var ha yok:
Daha gelmemiş gün bir, geçmiş gün iki.

Tanrı, ışığıyla doldu can gözüme:
Bu dünyadan o dünyadan bana ne!
Gönlüm ter gibi çıkıp bedenimden
Karıştı varlığın denizlerine.

Gönül, her an sevdiğinin kapısında ol;
Her istediğini onda ara, onda bul.
Aşk tavlasında hileye kaçma kalleşçe:
Koy canını ortaya, soyulursan soyul.

Sarhoş oldum mu aklım azalır;
Ayıldım mı sevincim dağılır.
Ne sarhoş, ne ayık bir hal var ya?
En güzeli öyle yaşamaktır.

Sevgili, sırlarına eren gönül nerde?
Sözlerinin tekini duyan kulak nerde?
Gece gündüz serilirsin de karşımıza:
Yüzünü bir kez gören mutlu göz nerde?

Dert içinde sevinci bul da yaşa;
Haksız düzende haklı ol da yaşa;
Sonu nasıl olsa yokluk dünyanın,
Varından yoğundan kurtul da yaşa.

Açılmaz kapıları açmanız mı gerek?
Dünyada insanca yaşamanız mı gerek?
Bırakın öyleyse iki dünyayı birden:
Ey ölü canlılar, canlar uyanık gerek!

Dün özledim de seni coştum birdenbire;
Çıktım senin yerin dedikleri göklere.
Bir ses yükseldi tâ yukarda, yıldızlardan:
Gafil, dedi; bizde sandığın Tanrı sende!

Bir testici gördüm, çamur içindeydi:
Ayağı çarkında, elinde bir testi;
Testinin başında bir yoksulun ayağı
Kulpunda bir padişahın kellesi.

Bir testi aldım çarşıdan ucuza;
Gizli gizli neler anlattı bana;
Bir şahdım, dedi; altın kupam vardı;
Şimdi neyim? Testi oldum şaraba.

Bilmem, ne sayar durursun bir, iki;
Ha bir olmuş, ha yüz bin fark etmez ki
Çal sazını, sonun bir avuç toprak,
Şarap ver, bir esip gitmedir bizimki.

Kambur felek, sen ne konaklar yıka geldin;
Kin beslersin bize, zulüm eski âdetin.
Şu kara toprağın göğsünü bir yarsalar,
Ne inciler yatar içinde bilir misin?

Yoksul, dertli gönlüm arar sevgilisini;
Aklı gelmez başına, yer kendi kendini.
Bana sevgi şarabını sundukları gün
Kana boyamışlar varlık kadehimi.

Ha Belh'te ölmüşsün, ha Bağdat'ta, hepsi bir;
Kadeh doldu mu, acı da olsa içilir.
Keyfine bak; çok aylar doğmuş batmış sensiz;
Sensiz daha çok ayların ondördü gelir.

Gönlümün dilediği gül yüzüne bakmak;
Elimin özlediği kadehi kavramak.
Her zerrem nasibini almalı dünyadan
Yarın güle kavuşturmadan beni toprak.

Behram'ın şarap içtiği orman köşkünde
Bir tilki yavrulamış, bir ceylan keyfinde.
Ömrünce yaban eşeği avlamış Behram:
Mezar da Behram'ı avlamış günün birinde.

Ben bıyıkları süpürge etmişim meyhanede:
Hayırmış, şermiş, bırakmışım ikisini de.
İki dünyayı karpuz gibi önüme koysalar
Ne birine metelik veririm, ne ötekine.

Padişah ol, yokluk halkasına gir de;
Yıkan, kirin pasın kalmasın gönülde.
Meyhaneye ermeğe gelince biri
Kendini bil de ne yaparsan yap, de.

Toprakla karışıp bulanmamış bir can
Sana konuk geldi bir temiz dünyadan.
Otur, bir kadeh şarap iç kendisiyle,
Sana iyi geceler deyip kaçmadan.

Ne yazık, pişmiş ekmek çiğlerin elinde;
Ne yazık, çeşmeler cimrilerin elinde.
O canım Türk güzeli kömür gözleriyle,
Çaylakların, uğruların, eğrilerin elinde.

Dünyaya geldiler, coşup taştılar;
Güldüler, eğlendiler, anlaştılar;
Bir kadehte sızıverdiler bir gün
Ölüm uykusunda kucaklaştılar.

Bilir misin, yüceler yücesi Tanrı,
Şarap ne zaman coşturur içenleri?
Pazar, pazartesi, salı, çarşamba, perşembe,
bir de cuma, cumartesi günleri.

Yaşamak elindeyken bugüne bugün,
Ne diye bırakır, yarını düşünürsün?
Geçmiş, gelecek, kuru sevda bütün bunlar;
Kadrini bilmeğe bak avucundaki ömrün.

Toprak olup gitmişlere sorarsan
Ha gâvur olmuşsun ha müslüman.
Kimler bu dünyada eğlenmemişse
Ötekinde yalnız onlar pişman.

Ey garip kuş! Bu yıldızlar darı sana;
Elest günü canı sen verdin insana.
Dünyayı gören büyülü bir kadeh varmış:
O kadeh sende, başka yerde arama.

Bu zamanda az dostun olsun, daha iyi.
Herkesle uzaktan hoşbeş edip geçmeli.
Can gözünü açınca görüyor ki insan
En büyük düşmanıymış en çok güvendiği.

Feleği döndürebilir misin muradınca?
Ne çıkar gök yedi kat değil sekiz katsa?
Er geç toprağa karışıp gidecek gövdeni
Ha ovada kurt yemiş, ha mezarda karınca.*

* *(Yayın notu) Dörtlüğün bir benzeri s.152'dedir.*

Bak, gül yeşiller, sevinçler içinde;
Arar bulamazsın gelecek perşembe.
İç şarabını, gül kokla, yeşil topla:
Toprak oluvermeden gül de, yeşil de.

İnsan çeker çeker de sonra hür olur;
İnci sedef zindanlarda yoğrulur.
Paran pulun yoksa bugün, sağlık olsun:
Bugün boş duran kadeh yarın doludur.

Gençlik bir kitaptı, okuduk bitti;
Canım bahar geçti çoktan, kış şimdi.
Hani sevincin, o cıvıl cıvıl kuş?
Nasıl, ne zaman geldi, nasıl gitti?

Her gün biri çıkar, başlar ben, ben demeğe,
Altınları gümüşleriyle övünmeğe.
Tam işleri dilediği düzene girer:
Ecel çıkıverir pusudan: Benim ben, diye.

Can verinceyedek bu çorak yerde
Dertten başka ne geçer ki eline?
Ne mutlu çabuk gidene dünyadan;
Hele bu dünyaya hiç gelmeyene!

Yerleri yapmış, gökleri kurmuşsun ama,
Sensin bunca gönülleri yakıp yıkan da.
Ne kızıl dudakları, ne altın saçları
Atmışsın süprüntüler gibi kara toprağa.

Dostum, olan olmuş, vahlanma boşuna;
Dünyayı kara zindan etme başına.
Yaşamana bak, elinden tek gelen bu:
Olacakları danışan var mı sana?

Sevgilim, ömrü derdim gibi bitmeyesi,
Bu sabah bütün cömertliği üstündeydi.
Bir göz atıverdi bana geçip giderken:
İyilik et denize at mı demek istedi?

Gül de şarap da bilene güzel gelir;
Sarhoş olmayan için sarhoşluk nedir?
Cebi boş gönlü dolu olmayan kişi
Her şeyden geçmenin tadını ne bilir?

Yapma diyorsun; yapmamak elimde mi?
Sen al demişsin; nasıl çekerim elimi?
Hem yap hem yapma demek seninki bana
İnsaf: Kadeh devrilir de dolu kalır mı?

Bu dünya iki kapılı bir han,
Girdi mi dertlere düşer insan.
Tanınmadan yaşamak en iyisi:
Elinde olsa da hiç doğmasan.

Kim görmüş o cenneti, cehennemi?
Kim gitmiş de getirmiş haberini?
Kimselerin bilmediği bir dünya
Özlenmeye, korkulmaya değer mi?

Ne mutlu adı sanı bilinmeyene;
İpeklere, kürklere bürünmeyene;
Anka gibi iki dünyadan da geçip
Bu viranede baykuşa dönmeyene.

Yok olmamış varlık var mı bir tek?
Her şey bir gün, dağılıp gidecek.
Öyleyse vara yoğa ne bakarsın?
En iyisi yoku var, varı yok bilmek.

Sevgili, bir başka güzelsin bugün;
Ay gibisin, pırıl pırıl gülüşün.
Güzeller bayram günleri süslenir:
Seninse bayramları süsler yüzün.

Öldük, dünyayı şaşkın bırakıp gittik;
Yüzlerce incimiz vardı delinmedik.
Sersemliği yüzünden bilgisizlerin
Renk renk düşünceler kaldı söylenmedik.

Kendimden geçtikçe gelirim kendime,
Alçalırım çıktıkça yüksek yerlere.
En garibi, içmeden sarhoşum da ben,
Ayılırım her kadehi devirdikçe.

Ben içerim, ama sarhoşluk etmem:
Kadehten başka şeye el uzatmam.
Şaraba taparmışım, evet, taparım:
Ama senin gibi kendime tapmam.

Şeyh fahişeye demiş ki: Utanmaz kadın;
Her gün sarhoşsun, onun bunun kucağındasın.
Doğru, demiş fahişe, ben öyleyim; ya sen?
Sen bakalım şu göründüğün adam mısın?

Dün gece usul boylu sevgilim ve ben,
Bir kıyıda gül rengi şarap içerken;
Sedefli bir kabuk açıldı karşımızda;
Sabah müjdecisi çıkıverdi içinden.

Dinle dinsizliğin arası bir tek soluk;
Düşle gerçeğin arası bir tek soluk.
Aldığın her soluğun değerini bil
Bütün yaşamak macerası bir tek soluk.

Bir put demiş ki kendine tapana:
Bilir misin niçin taparsın bana?
Sen kendi güzelliğine vurgunsun:
Ben ayna tutar gibiyim sana.

Biz aşka tapanlarız, müslüman değil;
Cılız karıncalarız, Süleyman değil;
Biz eskiler giyen benzi soluklarız:
Pazarda sırma satan bezirgân değil.

Nerdesin? Sana başkaldırmışım işte;
Karanlık içindeyim, ışığın nerde?
Cenneti ibadetle kazanacaksam
Senin ne cömertliğin kalır bu işde?

Gerçek erenlere güzel çirkin, hepsi bir;
Sevenler için cennet, cehennem, hepsi bir;
Kendini veren ha ipekli giymiş, ha çul;
Yastığı ha pamuk olmuş ha diken, hepsi bir.

Yıllar günler gibi geçti gider;
Nerde o eski dertler, sevinçler?
Belaya aldırmaz aklı olan:
Bu da her şey gibi geçer, der.

Dünyayı allar pullar boyarlar gözünü;
Aklı olan hor görür süsünü püsünü.
Kimler geldi gitti, kimler gelip gidecek:
Al gitmeden alacağını, doyur gönlünü.

Şarap mimarıdır yıkık gönüllerin
Süzülmüş, tertemiz canı üzümlerin.
Neden şer demişler bu hayırlı suya?
Siz bana bu şerden üç dört kâse verin.

Aşk bir beladır, ama Tanrı'dan gelme;
Halk neden karşı kor Tanrı emrine?
Bize her şeyi yaptıran kendi madem,
Kulu sorguya çekmenin âlemi ne?

Dert de neymiş? O mu bizi ağlatacak?
O mu sevinç bayrağımızı yırtacak?
Gelin, atalım şunu gönül yurdundan:
Yoksa içimizde fitne çıkartacak.

Sensiz camide, namazda işim ne?
Seninle buluşma yerim meyhane.
Benim sevmem de böyle, yüce Tanrı:
İstersen kaldır at cehennemine.

Hep bir çember, dolanıp durduğumuz!
Ne önümüz belli, ne sonumuz.
Kim varsa bilen, çıksın söylesin:
Nerden geldik? Nereye gidiyoruz?

Bizi bizden alan şaraba gönül verdik;
Coşup taştık; yerden kopup göklere erdik.
Tenden bedenden soyunuverdik sonunda
Topraktan gelmiştik, yine toprağa girdik.

Tepemizde dönüp duran gökler
Büyücünün fânusu gibidirler:
Güneş bu fânus içinde lâmba,
Biz de gelip geçen görüntüler.

Bir rint gördüm, binmiş dünya denen kır ata;
Aldırmıyor dine, islama, şeriata;
Ne hak dinliyor, ne hakikat, ne marifet:
Gelmiş mi böylesi kahraman, kâinata?

Kimi gizlenir, kimselere görünmezsin;
Kimi renk renk dünyalarda görünür yüzün
Kendi kendinle sevişmek bu seninki:
Çünkü seyreden sen, seyredilen de sensin.

Yüzümde pırıl pırıl sevinç gördüğün gün,
Nice konakları yıkılmıştır gönlümün.
Dalgıçsan dal gözlerimin denizine, bak:
Dibinde mahzun bir denizkızı görürsün.

Seni kuru softaların softası seni!
Seni cehenneme kömür olası seni!
Sen mi Hak'tan rahmet dileyeceksin bana?
Hakk'a akıl öğretmek senin haddine mi?

Önce kendine gel, sonra meyhaneye;
Kalender ol da gir kalenderhaneye.
Bu yol kendini yenmişlerin yoludur:
Çiğsen başka bir yere git eğlenmeye.

Şarap içip güzel sevmek mi daha iyi,
İki yüzlü softaları dinlemek mi?
Sarhoşla âşık cehenneme gidecekse,
Kimselerin göreceği yoktur cenneti.

En büyük söz Kuran bile
Arada bir okunur besmeleyle.
Kadehteyse öyle bir âyet var ki
Okur insan her zaman, her yerde.

Neylesem bu benim iç kavgalarımla?
Pişmanlığım, kendime düşmanlığımla?
Sen bağışlasan da ben yerim kendimi:
Neylesem bu yüzkaram, bu utancımla?

Kalk, sevinç dolduralım garip gönüle
İçelim doğan güne karşı bülbülle
Yırtalım biz de gömleği âşık gülle
Verelim çiçekler gibi ömrü yele.

Aklı olan paraya değer vermez,
Ama parasız dünya da çekilmez;
Eli boş menekşe boynunu büker,
Gül altın kâsede gülmezlik etmez.

Bir damla şarap Tus saraylarına bedel,
Keykubad'ın Keykavus'un tahtından güzel
Sabaha karşı âşıkların iniltisi
İki yüzlü softanın ezanından güzel.

Bedeninde et, kemik, sinir kaldıkça,
Dünyadaki yerini bil, kendinden şaşma.
Düşman Zaloğlu Rüstem olsa ger göğsünü,
Dostun Karun olsa iyilik altında kalma.

Yerin dibinden yıldızlara dek
Ermediğimiz sır kalmadı pek,
Her düğümü çözmüş insanoğlu;
Ecel düğümünü var mı çözecek?

Sevgiyle yoğrulmamışsa yüreğin
Tekkede, manastırda eremezsin.
Bir kez gerçekten sevdin mi dünyada
Cennetin, cehennemin üstündesin.

Bu evren her gece ne gömlekler diker!
Kimini gelen, kimini giden giyer.
Her gün nice sevinçlerle dolar dünya,
Nice dertler toprağa karışır gider.

Şarap benlik kaygısı bırakmaz sende
Çözülmedik bir düğüm kalmaz beyninde
İblis bir kadeh şarap içmiş olaydı,
Secdeye yatardı Adem'in önünde.

Biz hırkadan sonra küpe gelmişiz;
Kıpkızıl şarapla abdest almışız.
Medresede kaybettiğimiz ömrü
Meyhanede aramaktır işimiz.

Şarabı götürüp döksen bir dağa
Dağ sarhoş olur başlar oynamaya.
Ben ne diye tövbe edecekmişim
İçimi tertemiz eden şaraba?

Ömür defterinden bir fal açtım gönlümce;
Halden anlar bir dost gelip falı görünce:
Ne mutlu sana, dedi; daha ne istersin:
Ay gibi bir sevgili, yıl gibi bir gece.

Bu gecenin son gece olması da var:
Emret, gül rengi şarabı getirsinler.
Gafil, bir gittin mi bir daha gelmek yok:
Altın değilsin ki gömüp çıkarsınlar.

Medreseden hayır yok, dinle beni;
Vakıf lokması karartır içini.
Git, bir yıkık yerde yoksulca yaşa:
Orası bir padişah eder seni.

Şarap iç, yıkansın, aydınlansın için;
Bu dünya, öbür dünya silinip gitsin!
Gel, ömrün yele gitmeden tadına bak
Cana can katan suyun, ıslak ateşin.

Kendiliğimden var olmuş sanma beni;
Bu kanlı yola ben sokmadım kendimi;
Bir gerçek varlık beni var etmiş olan;
Yoksa kimdim ben, nerdeydim, neydim ki.

Dileğin Tanrı dileği değil ki senin;
Muradına ermeyi nasıl beklersin?
Doğru olan Tanrı'nın dilediklerıyse
Yanlış demek senin bütün dileklerin.

Ehil insana canım feda olsun;
Ayağı öpülse öperim onun.
Bir de git ehil olmayanla konuş:
Cehennem ne imiş görmüş olursun.

Evren kırıntısı bu güzelim yıldızlar
Gelir giderler, dünyayı bezer dururlar;
Göklerin eteğinde, toprağın koynunda
Doğdukça doğacak daha neler var.

Bir nakıştır varlığımız senin çizdiğin,
Şaşılası neler nelerle bezediğin;
Kendimi düzeltmek benim ne haddime:
Beni potadan böyle döken sensin.

Her gün kalkıp meyhaneye gitmedeyim;
Kalenderlerle boş sözler etmedeyim;
Senden bir şey gizlenemez nasıl olsa:
Hoş gör de sana gönülden sesleneyim.

Gökleri yarıp darma dağın ettiğin gün,
Pırıl pırıl yıldızları kararttığın gün,
Sen sorguya çekmeden ben soracağım sana:
Ey Tanrı, hangi günahım için beni öldürdün?

Canların canı dost, gel etme, dinle beni.
Küsme feleğe, değmez, yeme kendini;
Çekil, otur gürültüsüz bir köşeye,
Seyret bu hengamede olan biteni.

Ne güzel gün! Hava ne sıcak, ne serin;
Bir bulut, tozunu siliyor bahçenin;
Bülbül coşmuş, sesleniyor sarı güle:
Şarap iç şarap da yüzüne renk gelsin!

Bu yolun hoş bir yerinde durabilseydik;
Ya da bu yolun ucunu görebilseydik:
O umut da yok bu umut da; hiç değilse
Otlar gibi kesilip yeniden sürebilseydik.

Vefasız dünya diye yakınıp durma;
Dünya elindeyken tadını çıkarsana!
Herkese vefalı olsaydı bu dünya
Sıra mı gelirdi senin yaşamana?

Dostlar, bir gün, sözleşip bir yerde birleşin;
Oturun sofrasına dünya cennetinin;
Sâki doldururken kadehleri cömertçe,
İçin bir kadeh de zavallı Hayyam için!

Daha nice büyük göreceksin kendini?
Hep varlık yokluk mu düşündürecek seni?
Şarap için şarap: Bu ölüm yolculuğunda
Bulamazsın sarhoş uykulardan iyisini.

Hayyam, günahım var diye tasalanma,
Bunun için dertlere düşmek boşuna.
Günah olacak ki Tanrı bağışlasın:
Rahmet neye yarar günah olmayınca.

Gün doğarken sabah horozları niçin
Acı acı bağrışırlar, bilir misin?
Tan yerini gösterip derler ki sana:
Bir gecen geçti gidiyor, sen nerdesin?

Ay yırttı gecenin kara giysilerini;
Kalk, tam zamanıdır, doldur şarap kâseni.
Keyfine bak, çünkü bu ay, sonsuz yıllarca,
Mezarda upuzun yatar görecek seni.

Sâki, yüzün Cemşid'in kadehinden güzel;
Uğrunda ölmek sonsuz yaşamaktan güzel;
Işık saçıyor ayağını bastığın toprak,
Bir zerresi yüz binlerce güneşten güzel.

Tertemiz geldik yokluktan kirlendik;
Sevinçle geldik dünyaya, dertlendik.
Ağladık, sızlandık, yandık, yakındık:
Yele verdik ömrü, toz olup gittik.

Dostunu erkekçe seven kişi
Pervane gibi özler ateşi:
Sevip de yanmaktan kaçanların
Masal anlatmaktır bütün işi.

Bahar geldi mi başka şeyler dinler miyim;
Hele aklın defterini hemen dürerim.
Şarap, sığınağım sensin bahar günü,
Söğüt ağacı, senin de gölgendeyim.

Seni aramaktan dünyanın başı dertte,
Zengine de göründüğün yok, fakire de;
Sen konuşursun da biz sağır mıyız yoksa,
Hep kör müyüz, sen varsın da görünürde.

Ey dörtle yedinin doğurduğu insan,
Dörtle yedidir seni dertlere salan.
Boşuna mı şarap iç diyorum sana:
Bir gittin mi bir daha gelme yok, inan.

Tanrım, hayır şer kaygısından kurtar beni;
Kendimden geçir, seninle doldur içimi
Aklım ayıramıyor iyiyi kötüden
Sarhoş et de bari ne kötü kalsın, ne iyi.

Medresenin sözü vardır, tekkenin hali,
Sözden, halden öteye gider aşkın yolu.
Müftünün, vaizin en iyisini getirsen
Aşkın mahkemesinde tutulur dili.

Gerçek aydınlığa erince can gözüm,
İki dünyayı birden silinmiş gördüm.
Eriyip gittim sanki engin denizlerde:
Ter olup çıktı, denize döndü gönlüm.

Gönül dedi: Ben neyim ki, bir damla sadece;
Ben nerde, görmediğim koca deniz nerde!
Böyle diyen gönül denize kavuşunca
Baktı kendinden başka şey yok görünürde.

Can o güzel yüzüne vurgun, neyleyim;
Gönül tatlı diline tutkun, neyleyim;
Can da, gönül de sır incileriyle dolu:
Ama dile kilit vurmuşsun, neyleyim.

En doğrusu, dosta düşmana iyilik etmen;
İyilik seven kötülük edemez zaten.
Dostuna kötülük ettin mi düşmanın olur:
Düşmanınsa dostun olur iyilik edersen.

O kızıl yakutun madeni, başka maden;
O eşsiz incinin sedefi, başka sedef;
Aklın buldukları kuruntu, dedikodu:
Bizim aşk efsanemizin dili, başka dil.

Meyhanede abdest şarapla alınır ancak;
Mümkün mü kara yazıyı aka çevirmek?
Perdemiz öylesine yırtılmış ki bizim,
Onarılmaz artık ne kadar yamasak.

Hem sana el değdirmeğe elim varmaz,
Hem sensiz aldığım nefes, nefes olmaz;
Bir garip dert bu, kimseye de açılmaz:
Bir zehir zakkum ki, tadına da doyulmaz.

Sır saklamasını bilirsen Hayyam söyler
İnsanoğlu nedir, ne yapar, ne eder:
Dert çamuruyla yoğrulup gelir dünyaya
Yer içer, karın doyurur ve çeker gider.

Putların, Kâbe'nin istediği: Kölelik;
Çanların, ezanların dilediği: Kölelik;
Mihraptı, kiliseydi, tesbihti, salipti:
Nedir hepsinin özlediği? Kölelik.

Benim canım hep şarabın izindedir,
Kulağım ney ve rebap sesindedir.
Toprağımdan testi yaparlarsa benim
O testi şarap doldurulmak içindir.

Sen nesin, varlık nedir, nerden bileceksin?
Dünyan esen yel üstüne kurulmuş senin.
İki yokluk arasında bir varlık seninki:
Hiçlik ne varsa çevrende, sen de bir hiçsin.

Gül yanaklı sevgiliyi saramaz insan
Yüreğine diken batmadan, vurulmadan.
Kim bir güzelin saçına dokunabilmiş
Tarak gibi diş diş, didik didik olmadan?

Kadeh bir bedendir, içinde can var can;
Candır kadehin bedeninde camlaşan.
Donmuş sudan ateş süzülür sanki:
Erimiş yakut, gönül sırçasından.

Kul olup o güzele birden,
Koptuk her bağdan, her tövbeden:
Herkes koyu müslüman döner
Biz putperest döndük Kâbe'den.

Meyhanede kendini bilenler bulunur;
Bilmeyeni ayırmak da kolay olur.
Yıkılsın bilgisizlik yuvası medrese:
Ordan kendini bilip de çıkan hiç yoktur.

Uğrunda dertlere düştüğüm sevgili
Bir başkasına tutulmuş, o da dertli;
Derdimin dermanı kendi derdinde:
Hekim hasta olunca kime gitmeli?

Gece, gül bahçesinde, ararken seni,
Gülden gelen kokun sarhoş etti beni;
Seni anlatmaya başlayınca güle
Baktım kuşlar da dinliyor hikâyemi.

Güçlü olduğuna inandırdın beni;
Bol bol da verdin bana vereceklerini.
Yüz yıl günah işleyip bilmek isterim:
Günahlar mı sonsuz, senin rahmetin mi?

Hem aklın mutluluk peşinde senin,
Hem söylerim, söylerim dinlemezsin;
Aldığın her nefesin kadrini bil
Ot değilsin ki kesildikçe bitesin.

Sen içmiyorsan, içenleri kınama bari;
Bırak aldatmacayı, ikiyüzlülükleri;
Şarap içmem diye övünüyorsun, ama,
Yediğin haltlar yanında şarap nedir ki?

Ben bugün beden kafesinde mahpusum;
Yok olma özlemiyle sarhoş olmuşum;
Varlık ayıbından kurtarırsa beni
Yoksulluğun kulu, kölesi olurum.

Benim yasam artık şarap, çalgı, eğlenti;
Dinim dinsizlik, bıraktım her ibadeti;
Nişanlım dünyaya: Ne çeyiz istersin, dedim:
Çeyizim, senin gamsız yüreğindir, dedi.

Benden Muhammed Mustafa'ya saygı ve selam:
Deyin ki, hoş görürse, bir şey soracak Hayyam:
Neden Yüce Efendimizin buyruklarında
Ekşi ayran helâl da güzelim şarap haram?

Benden Hayyam'a selam söyleyin demiş peygamber;
Sözlerimi yanlış anlamışsa çiğlik eder:
Ben şarabı herkese haram etmiş değilim ki
Hamlara haramdır, doğru, ama olgunlar içer.

Yalnız bilgili olmak değil adam olmak;
Vefalı mı değil mi insan, ona bak.
Yücelerin yücesine yükselirsin
Halka verdiğin sözün eri olarak.

Kim demiş haram nedir bilmez Hayyam?
Ben haramı helâlı karıştırmam:
Seninle içilen şarap helâldir,
Sensiz içtiğimiz su bile haram.

Dünya, yıldıramazsın beni ne yapsan;
Ölümden de korkmam, er geç ölür insan.
Ölmemek elimizde değil ki bizim:
İyi yaşamamak beni tek korkutan.

Yerin üstüne baktım, uykuya dalmışlar;
Altına baktım, çürüyüp toprak olmuşlar.
Yokluk ovasında başka ne var ki zaten:
Daha gelmemişler var, gelip gitmişler var.

Bilge, yüce varlığın seyrine dalar;
Gafil ise onda dostluk düşmanlık arar.
Deniz, deniz olduğu için dalgalanır,
Çöpe sor, hep onun içindir dalgalar.

Ben kendimden geçtikçe kendime gelirim;
Yücelere çıkar, alçalmayı bilirim.
Daha da garibi, varlığın şarabıyla
Ne kadar ayık da olsam, sarhoş gibiyim.

Yüreğinde sıkıntı varsa esrar iç,
Ya da birkaç kadeh gül rengi şarap iç.
Onu içmem, bunu içmem der durursun:
Ahmak herif, git zıkkımın pekini iç.

Adım kötüye çıkarsa çıksın, ben böyleyim;
Bir kerpiçim de olsa, satar şarap içerim.
O da gidince ne yaparsın diyecekler:
Cübbemle sarığım ne güne duruyor, derim.

Kalk, kalk, çalgılara çalgı katalım gitsin;
Adımızı kötüye çıkartalım gitsin.
Sofuluk şişesini çalalım taşa,
Seccadeyi bir kadehe satalım gitsin.

Şarabın adı kötüye çıkmış, kendi hoş,
Hele bir güzelle içersen daha bir hoş;
Harammış şarap, olsun, bana göre hava hoş:
Hem, bana sorarsan, haram olan her şey hoş.

Zaman büktü belimi, ne el tutar ne ayak;
Oysa ne güzel işlerim var yapılacak.
Can kalktı gitmeğe; aman dur, diyorum:
Ne yapayım, diyor, evin yıkıldı yıkılacak.

Yeryüzünü gül bahçesine çevirmekten
Daha güzeldir bir insanı sevindirmen.
Bin kulu azat edenden daha büyüktür
Bir hür insanı iyilikle kul edebilen.

Can bir şaraptır, insan onun testisi;
Beden bir ney gibidir, kan o neyin sesi.
Hayyam, bilir misin nedir bu ölümlü varlık:
Hayal fenerinde bir ışık pırıltısı.

Ah, Tanrı dünyayı yeniden yarataydı,
Yaratırken de beni yanında tutaydı;
Derdim: Ya benim adımı sil defterinden,
Ya da benim dilediğimce yarat dünyayı.

Uyumuşum; rüyamda akıllı bir insan,
Dedi: Sevinç gülü açmaz uykuda, uyan;
Ne işin var bu ölüme benzer ülkede?
Kalk, şarap iç, sonsuz uykulara dalmadan.

Tekkede, medresede, manastırda, kilisede,
Bir cennet cehennem kaygısıdır sürüp gitmede.
Oysa yüce varlığın sırlarına eren kişi
Bunların tohumunu uğratmaz düşüncesine.

Zaman başımıza bir çorap örmeden,
Gelin dostlar, içelim içebilirken.
O ecel çavuşu dikildi mi tepene
Bir yudum su iç bakalım, içebilirsen.

Ben şarap içiyorum, doğrudur;
Aklı olan da beni haklı bulur:
İçeceğimi biliyordu Tanrı,
İçmezsem Tanrı yanılmış olur.

Dünya hangi gülü bitirdiyse yerden
Kırıp atmış, toprağa gömmüş yeniden.
Su yerine toprağı çekseydi bulut
Sevgili kanları yağardı göklerden.

Gerçeği bilemeyiz madem, ne yapsak boş;
Ömür boyu kuşku içinde kalmak mı hoş?
Aklın varsa kadehi bırakma elden
Bu karanlıkta ha ayık olmuşsun, ha sarhoş.

İnsan yiyeceksiz, giyeceksiz edemez:
Bunlar için didinmene bir şey denmez.
Ondan ötesi ha olmuş, ha olmamış:
Bu güzelim ömrünü satmaya değmez.

Okunu attı mı ölüm, siperler boşuna;
O şatafatlar, altınlar, gümüşler boşuna;
Gördük bütün insan işlerinin iç yüzünü:
Tek güzel şey iyilik, başka düşler boşuna.

Sâki, gökler, denizlerce dolgunum;
İçime sığmaz oldu coşkunluğum;
Ak saçlarımla sarhoş ettin beni,
Kış ortasında bahar bulutuyum!

Dün gece şarap arıyordum şehirde;
Soluk bir gül gördüm bir ocak önünde;
Dedim: Ne yaptın da yakıyorlar seni?
Dedi: Bir kez güleyim dedim çimende.

Bir yürek ki yanmaz, yürek denir mi ona?
Sevmek haram, yüreğinde ateş olmayana.
Bir gününü sevgisiz geçirdinse, yazık:
En boş geçen günün o gündür, inan bana.

Düşünce göklerinin baş konağı sevgidir sevgi;
Gençlik destanının baş yaprağı sevgidir sevgi;
Ey sevginin sırlarından habersiz yaşayanlar,
Bilin ki tüm varlığın baş kaynağı sevgidir sevgi.

Barış istemiyorsa felek, işte savaş;
İster serseri deyin bana, ister ayyaş;
İşte şarap, duruyor ortada, kıpkızıl;
İçmeyen taşa çalsın başını, işte taş!

Şarabım, kâsem, sevgilim, bir de çimen;
Bırak bana bunları, al cenneti sen.
Cehennemmiş, cennetmiş, kuru lâf bunlar:
Kim gitmiş cehenneme, kim dönmüş cennetten?

Çekmeyiz aşağılık dünyanın gamını;
Özleriz gül rengi şarabın canını;
Şarap dünyanın kanı, dünya ise kanlımız;
Niçin içmeyelim kanlımızın kanını?

Seccadeye tapanlar eşek değil de nedirler?
Küfelerle riya çamuru yüklenirler gezerler.
İşin kötüsü, din perdesi arkasında bunlar,
Müslüman geçinirken gâvurdan beterler.

Bu çürük temelli kubbede neyiz ki biz?
Tasta delik arayan karıncalar gibiyiz.
Ne korku, ne umut kapılarını bilen
Şaşkın, gözü bağlı, avanak öküzleriz.

Yıkık bir saray bu dünya dedikleri;
Gece ve gündüz atlarının durak yeri;
Yüz Cemşit'den arda kalmış bir dünya bu:
Yüz Behram kendisinin sanmış bu gökleri.

Gelip de eskiyenler, yeni gelenler,
Hepsi gider bugün yarın, birer birer;
Kimselere kalmamış bu eski dünya:
Kimi gitti gider, kimi geldi gider.

Ölüp yok olma korkuların saçma
Yoktan vara yükselen dalga oldukça;
Sevgiyle İsa gibi dirilmişsin sen;
Ölüm yok artık sana dünya durdukça.

Ben kendiliğimden var değilim bu varlığımla;
Kendim çıkmış değilim elbet bu karanlık yola;
Bir başka varlıktan gelmiş bendeki varlık:
Ben dediğin kim ola, nerde, ne zaman var ola?

Haksızlık etmekten sakın, hak yoluna gir;
Yediğin ekmeği başkasına da yedir;
Cana kıyma, kimsenin sırtından geçinme,
Seni cennete sokmak benden: Şarap getir!

Ben hangi şarapla sarhoş olursam olurum,
Ateşe, puta, neye taparsam taparım;
Herkes bir türlü görmek istiyor beni
Ben kendimi ne türlü yaparsam yaparım.

Şarap küpü önüne serdik seccademizi;
Şarap yakutuyla adam ettik kendimizi;
Umudumuz, meyhanede yeniden bulmak
Camide, medresede yiten günlerimizi.

Ben çimen Mısrının Yusufuyum, dedi gül;
Dilimden altın, yakut saçılır, dedi gül;
Dedim: Senin Yusuf olduğun nerden belli?
Kana boyanmış gömleğime bak, dedi gül.

Ne gündüz oturduk, ne gece uyuduk;
Dünyada Cem'in kadehini aradık durduk.
Öğrenince dünyaları yansıttığını,
Cem'in kadehini yüreğimizde bulduk.

Rintlerin yolunda kendini unut;
Namazın, orucun kökünü kurut;
Öğütlerin iyisini Hayyam'dan işit:
Şarap iç, yol kesme, yoksulları tut.

Bu uçsuz bucaksız dünya içinde, bil ki,
Mutlu yaşamak iki türlü insana vergi:
Biri iyinin kötünün aslını bilir,
Öteki ne dünyayı bilir, ne kendini.

Şarap güllere çevirsin sabahımızı;
Çalalım yere şan şeref külâhımızı;
Nemize gerek bizim uzun dilekler,
Uzun saçlar, çalgılar sarsın havamızı.

Hayyam, şarap iç, sarhoş olmak ne hoş,
Sevgilin de varsa, sarılmak ne hoş;
Er geç sonu yokluk madem bu dünyanın,
Yok say kendini, bak, var olmak ne hoş!

Hayyam, bak şu mavi gök nasıl durulmuş;
Açmış çadırı, kesmiş dedikoduyu, susmuş
Varlığın kadehinde, çünkü, ezel sâkisi
Bin Hayyam kabarcığı belirtip yok etmiş.

Bu dünya kimseye kalmaz, bilesin;
Er geç kuyusunu kazar herkesin.
Tut ki Nuh kadar yaşadın zor bela
Sonunda yok olacak değil misin?

Güneşi balçıkla sıvamak elimde değil;
Erdiğim sırları söylemek elimde değil;
Aklım düşüncenin derin denizlerinden
Bir inci çıkardı ki delmek elimde değil.

Canım şarap, ne güzelsin billur kâsende;
Aklı köstekleyen bir büyü var sende.
Biraz içti mi insan açılır yüreği
Döker ortaya nesi varsa içinde.

Bu sarayın başı göklerdeydi bir zaman;
Padişahlar girer çıkardı kapısından.
Şimdi duvarında bir kumru guguk, diyor.
Guguk, guguk, o şanlı günlerin ardından.

Hayyam bu zamanda vahlanıp durmak boşuna;
Kendi derdine düşmek utanç verir insana.
İyisi mi şarap iç, çalgı dinleyerek
Nerdeyse bir taş düşer senin de sofrana.

Gören göze güzel, çirkin hepsi bir;
Aşıklara cennet, cehennem, hepsi bir;
Ermiş ha çul giymiş, ha atlas;
Yün yastık, taş yastık, seven başa hepsi bir.

Kaderin elinde boynum kıldan ince:
Tüysüz kuşa dönerim ecel gelince.
Yine de toprağımdan testi yapın siz:
Dirilirim içine şarap dökülünce.

Yakınırım aynalar gibi felekten;
Bıkmaz alçakları yükseltmekten.
Gözyaşı dolu bir kadeh oldu yüzüm,
Yüreğim kan dolu bir testi gerçekten.

Yüreğim, kimselerden ihsan dileme;
Bu amansız felekten aman dileme;
Bil ki, derman aradıkça artar derdin:
Derdinle haldaş ol, derman dileme.

Tanrı gülüşünle öfkeni almış senin,
Birinden cennet yapmış, birinden cehennem.
Sen cennetimsin benim, ben senin uslu kulun:
Açılsın kapıları bana cennetimin!

Ey canlar, şarapla buldurun bana beni;
Yakutlara çevirin kehruba çehremi;
Şarapla yıkayın beni öldüğüm zaman
Asmadan bir tabut içinde gömün beni.

Feleğin çarkı dönmeyecek madem muradımca,
Gökler ha yedi kat olmuş, ha sekiz, bana ne?
Ölüm bütün isteklerimi yok ettikten sonra
Ha dağda kurt yemiş beni, ha mezarda karınca.

Hayyam, olsa olsa bir çadır senin bedenin,
Can sultanımızın bir süre oturması için;
Ecel hancısı bir başka konak döşeyince
Sultan göçer gider, viran olur çadırın senin.

Şarap içti mi, dilenci sultanlaşır;
Tilki çıkar deliğinden aslanlaşır;
Yaşlı başlı adam delikanlılaşır;
Delikanlı yaşca başca olgunlaşır.

Günahlarım çok olmasına çoktur benim,
Ama dinsizler gibi umutsuz değilim:
Cennet cehennem umurumda değilse de
Ötede hem şarap olacak, hem de sevgilim.

Ey kara cübbeli, senin gündüzün gece;
Taş atma dünyayı bilmek isteyenlere.
Onlar Yaradan'ın sanatı peşindeler:
Senin aklın fikrin abdest bozan şeylerde.

Her gün tövbe eder bozarız biz;
Şanı şerefi de boşarız biz;
Kusur işlersek ayıplamayın:
Sarhoş doğduk, sarhoş yaşarız biz.

Şu sonsuz sayvanı donatan yıldızlar
Akıllıların aklını durdururlar;
Sen aklından şaşmamaya bak ve bil ki
O tedbirli yıldızlar da yoldan çıkarlar.

Derdin avucundan şarap içmedikçe
Bir yudum su içmiş değilim gönlümce;
Kimsenin tuzuna da ekmek banmadım
Ciğerimi kebap edip yemedikçe.

Daha nice sürsün yalan dolanı ömrün;
Daha nice dert sunsun sâkisi ömrün;
Uzatma; kadehindeki son yudum gibi
Bırak dökülsün yere kalanı ömrün.

Her gün şarap cümbüşüne dalanların da
Her gece mihrap önünde kalanların da
Islanmayanı yok, yağmur altında hepsi:
Bir uyanık var, ötekiler hep uykuda.

Unutma, amansız feleğin çarkındasın;
Şarap iç, çünkü ateşten bir dünyadasın;
Madem ki yerin önünde sonunda toprak
Farzet ki üstünde değil altındasın.

Sevgiliyle sabah içmedeyiz, sâkî;
Biz Nasuh tövbesi bilmeyiz, sâkî;
Yeter okuduğun Nuh hikâyesi
Hemen dolsun huzur kâsemiz, sâkî.

Madem aman vermiyor ecel, sâki,
Kadeh boş kalmasın, aman gel, sâki;
Şu üç beş günlük dünyada gam yemek
Bizim gönlümüzce iş değil, sâki.

Her sabah çiyle bezenir yüzü lâlenin;
Yeşillikte bükülür boynu menekşenin;
Ama daha gönlümcedir hali goncenin
Çeker eteğini, derlenir için için.

Şarap sonsuz hayat kaynağıdır, iç;
Gençlik sevincinin pınarıdır, iç;
Gamı yakar eritir ateş gibi,
Sağlık sularından şifalıdır, iç.

Açılmışken nasılsa mutluluk gülün
Niçin elinde kadeh yok böyle bir gün?
Şarap iç, can düşmanındır geçen zaman:
Bir daha bu fırsatı bulman ne mümkün?

Gönül, bir düş madem dünya gerçeği,
Ne dertlenir, alçaltırsın kendini?
Hoşgör kaderini, gününü gün et:
Yazılan senin için bozulmaz ki.

Sevenlerinden yer yok ben garibe;
Derdine düşenlerle başım dertte;
Sarmışlar seni kum bulutu gibi
Gül yüzünden ışık mı düşer bize.

Yoksula, yoksulluğa yakın ettin beni;
Dertlere, gurbetlere alıştırdın beni;
Yakınların ancak erer bu mertebeye:
Tanrım, ne hizmet gördüm de kayırdın beni?

İnsanlık yaratılalı olgun kişiler
Bulduklarıyla yetinip dert çekmediler
Birbirine girdi gözü doymayanlarsa:
Çok isteme kaderden başın derde girer.

Kim yüreğini uydurduysa aklına
Bir anını yitirmedi bu dünyada;
Ya Tanrı uğruna emek verdi candan
Ya rahatını aradı buldu şarapta.

Ben şarabı eskimiş acı acı severim;
En çok da ramazanda cumaları içerim;
Helâl üzümümü ezdim doldurdum küpe:
Ne olur, içinceyedek ekşitme Tanrım.

Gök yaban gülleri döküyor eteğinden
Bir çiçek yağmuruna tutuldu sanki çimen
Gül şarap dolsun kadehimin lalesine
Mor buluttan yere yaseminler düşerken.

Şarap iç, azlık çokluk silinsin kafandan
Kurtul yetmiş iki milletin kaygısından
Perhize kalkma sakın dokunur diye şarap
Şarap ki bir dirhemi bin bir derde derman.

Can yoldaşı dostlar çekildi gittiler
Ecel çiğnedi hepsini birer birer
Yan yana oturmuştuk hayat sofrasına
Bizden birkaç kadeh önce sızdı gittiler.

Yokluk suyuyla ekilmiş tohumum benim
Gam ateşiyle tutuşmuş yanar yüreğim
Alındığım toprağa verilmeden önce
Dünyanın serseri yelleri önündeyim.

Bu masmavi kubbenin kurulduğu gün
Bu nur Cevza burcuna verildiği gün
Mumun başına bağlanan alev gibi
Bağlandı yüreğime senin aşk gülün.

Seher yeli eser yırtar eteğini gülün
Güle baktıkça çırpınır yüreği bülbülün
Sen şarap içmene bak, çünkü nice gül yüzler
Kopup dallarından toprak olmadalar her gün.

Mezarda yatanların toz toprak her biri
Zerre zerre dağılıp gitmiş bedenleri
Ne şarap ki bir içen sızmış mahşere dek
İşten güçten habersizler yıllardan beri.

Bu yıldızlı gökler ne zaman başladı dönmeye?
Ne zaman yıkılıp gidecek bu güzelim kubbe?
Aklın yollarıyla ölçüp biçemezsin bunu sen
Mantıkların, kıyasların sökmez senin bu işte.

Bin bir tuzak kurarsın yolun üstüne
Adım atma yakalarım dersin bir de
Bir zerre var mı dünyada yönetmediğin
Neden asi dersin kendi yürüttüğüne?

Bu dünya sırrını söylemez kimseye;
Bin Mạhmud'u, bin Ayaz'ı serdi yere;
Şarap iç, dünyaya gelinmez iki kez:
Bir kez giden bir daha gelmez geriye.

Bu dünyaya gelip gitmemizin kazancı nerde?
Ömrümüzün umut ipliği ne oldu, nerde?
Bu feleğin çemberinde nice temiz canlar
Yandı kül oldular, hani dumanları, nerde?

Bilmem, Tanrım, beni yaratırken neydi niyetin,
Bana cenneti mi, cehennemi mi nasip ettin;
Bir kadeh, bir güzel, bir çalgı bir de yeşil çimen
Bunlar benim olsun, veresiye cennet de senin.

Feleğin atı eğerlenip dizginlendiği gün
Göklerin yıldızlarla donatıldığı gün
Bize bu nasibi verdi kader divanı
Biz yoktuk kusur paylarımız dağıldığı gün.

Oruç tutup namaz kılmağa kalktım geçende
Dedim belki öyle ererim dilediğime
Yazık ki bir kuru yelle bozuldu abdestim
Bir damla şarapla da orucum gitti güme.

Bak, sâki, yüreğim arındı bütün kaygılardan
Gitti o kükreyen aslanlar, bomboş şimdi orman
Gece yıldız saçarken göklerin şarap kâsesi
Benim kadeh boş günümü gün edeceğim zaman.

Senden benden önce kadın erkek niceleri
Şenlendirip süslediler dünya denen yeri
Senin tenin de toprağa karışacak yarın
Senden beslenecek nice insan bedenleri.

Gönlünü hoş tut, sonu gelmez kaygıların
Gök kubbede çatışması bitmez yıldızların
Senin toprağa karışacak bedeninse
Tuğla olacak sarayına başkalarının.

Tanrı evrenin canı, evrense tek bir beden
Melekler bu bedenin duyuları hep birden
Yerde gökte canlı cansız ne varsa birer uzuv:
Budur Tanrı birliği, boştur başka her söylenen.

Kader defterimi yeniden yazabilseydim
Kendime gönlümce bir başka hayat seçerdim;
Bütün dertleri siler atardım dünyamızdan
Sevinçten göklere uçardı düşüncelerim.

Şu senin benim dediğimiz toprak neyimizdir
Birkaç günlük cennetimiz cehennemimizdir
Bugün su içtiğin şu testi toprak olunca
Mezarına atılır belki bir gün, kim bilir.

İki günde bir somun geçiyorsa eline
Soğuk suyu da olursa bir kırık testide
Niçin kendinden kötüsüne kul olur insan,
Ne diye girer kendi gibisinin hizmetine?

Bu varlık denizi nerden gelmiş bilen yok;
Öyle bir inci ki bu büyük sır delen yok;
Herkes aklına eseni söylemiş durmuş,
İşin kaynağına giden yolu bulan yok.

Oğul, dünyamızı aydınlatan şarabı sun;
Sevinç gülümüze ay ışığı gibi vursun;
Sular gibi akar gider gençliğin ateşi,
Bir uykudur o senin uyanık mutluluğun.

Dilerim ölünce şarapla yıkanayım
Şarap şiirleriyle talkınlanayım
Mahşer günü arayan olursa beni
Meyhanemin önündeki topraktayım.

Senden benden önce de vardı bu gün bu gece
Felek dönüp durmadaydı hep bu gördüğünce
Usulca bas toprağa, çünkü bastığın yer
Bir güzelin gözbebeğiydi beş on yıl önce.

Yaşamanı akla uydurman gerek,
Ama bilmezsin akla uygun olan nedir;
Bereket eli çabuktur zaman ustanın,
Başına vura vura sana da öğretir.

Gül mevsimi çimendeyiz su kıyısında
Birkaç nur yüzlü güzel de var aramızda
Şarap sun çünkü sabah erken içenlere
Ne mescit gerekir ne kilise dünyada.

Tanrı gönlünce yaratır da her şeyi
Neden ölüme mahkûm eder hepsini?
Yaptığı güzelse neden kırar atar
Çirkinse suçu kim kime yüklemeli?

Ezel avcısı bir yem koydu oltasına
Bir canlı avladı Adem dedi adına
İyi kötü ne varsa yapan kendisiyken
Tutar suçu yükler kendinden başkasına.

Bu dünyada nedir payıma düşen, hiç
Nedir ömrümün kazancı felekten, hiç
Bir sevinç mumuyum sönüversem hiçim
Bir kadehim, kırılsam ne kalır benden, hiç.

O yakut dudakları kızıl kızıl yanan nerde?
O güzelim kokusu cana can katan nerde?
Müslümanlara şarap haram edilmiştir derler
İçmene bak, haram işlemeyen müslüman nerde?

Bu dünyaya kendi isteğimle gelmedim ben;
Şaşkınlıktan başka şeyim artmadı yaşarken.
Kendi isteğimle de gidiyor değilim şimdi,
Niye geldik kaldık, niye gidiyoruz bilmeden.

Sonsuz çemberinde bu dipsiz evrenin
Gönül hoşluğuyla iç, geçmeden devrin
Ecel şarabın sunulunca da ah etme:
Sıran gelince içmezlik edemezsin.

İç, şarap iç, Mahmut olmak budur;
Çalgı dinle, Davut olmak budur;
Geçmişi, geleceği düşünme
Gününü gün et, yaşamak budur.

Bu ömür kervanı bir tuhaf gelir gider
Kazancın, yaşamasını bildiğin günler;
Sâki, bırak şu yarını düşünenleri
Geçti gidiyor gece, geçmeden şarap ver.

Kimileri lâf dünyasında şişinip durmuş;
Kimi güzel ardında, köşk ardında koşturmuş;
Perdeler inince anlar her biri, ey gerçek,
Senden ne uzak, ne uzak yollara baş vurmuş.

Gönlünce de dönse, bu dünyanın sonu ne?
Okunup bitse de ömür destanın, sonu ne?
Yüz yıl dilediğince yaşadın diyelim,
Bir yüz yıl daha yaşasaydın, sonu ne?

Bulut geçti, gözyaşları kaldı çimende
Gül rengi şarap içilmez mi böyle günde?
Bugün bu çimen bizim, yarın kim bilir kim
Gezecek bizim toprağın yeşilliğinde.

Kendi çarkını döndürmeye bak döndükçe dünya;
Keyfinin tahtına çık kadehle dudak dudağa;
Tanrı'nın umurunda mı senin günahın sevabın:
Sen kendi muradını kendi güzelinde ara.

Madem ki sevincin adı kaldı yalnız
Ham şarabı en olgun dost saymalıyız
Keyfin el çekmeğe kalkmasın kadehten
Kadehtir şimdi artık tek tutanağımız.

Kalk, kalk, yeter uyuduğun, sâkî!
Boş kadehim dolsun, dolsun, sâkî;
Er geç testi olmadan kafatasım,
Sen testiden bana şarap sun, sâkî!

Bu kubbe altındaki bin bir belayı gör;
Dostlar gideli boşalan dünyayı gör;
Tek soluk yitirme kendini bilmeden;
Bırak yarını, dünü, yaşadığın anı gör.

Hayat evini sağlam kurmak istersen,
Günlerini gamsız geçirmek istersen,
Işıl ışıl şaraptan sakın el çekme,
Her gününün tadına varmak istersen.

Gül der ki yüzüm yüzlerden güzelken
Ezer suyumu çıkarırlar bilmem neden.
Bülbül de şöyle der ona sanki içinden:
Bir yıl dert çekmeden var mı bir gün sevinen?

Menekşe mor boyalar sürerken gömleğine,
Seher yeli el atarken gülün eteğine,
Aklı olan gümüş bedenli sevgilisiyle
İçer şarabı, döker kadehi yüreğine.

Boştur dünya sâki ve şarap olmayınca,
Irak neylerinin sesi duyulmayınca;
Nesi var nesi yok bu dünyanın bana sor:
Boştur geçen ömrün kadehin dolmayınca.

Kaygılar tasalar sarmasın içini;
Olumsuz düşlere kaptırma kendini;
Ayrılma yârin ve çimenin koynundan
Kara toprak koynuna almadan seni.

Olanların olacağı belliydi çoktan;
İyiyi kötüyü yazmış kaderi yazan;
Ta baştan gereği düşünülmüş her şeyin
Neden boşuna uğraşır, dertlenir insan?

Madem bu kervansarayda kalıcı değilim,
Şarapsız güzelsiz yaşamak hatadır derim
Dünya "muhdes" mi "kadim" mi diye tartışmak boş:
Ben gittikten sonra ha "muhdes" olmuş ha "kadim"!

Meyhane rintlerinin sergerdesi benim;
Yersiz sözlerle günaha giren benim;
Gecesini kızıl şaraba kurban eden
Ciğerinin kanıyla dua eden benim.

Dünyada olan biteni ben de görmedeyim;
Haksızları hep baş köşelerde görmedeyim;
Fesuphanallah! Nereye bakarsam bakayım
Kendi mutsuzluğumu her yerde görmedeyim.

Bize şarap ve sevgili, size cami kilise;
Sizler cennetliksiniz, cehennemliğiz bizlerse;
Kader böyleymiş neylersin, kimsenin suçu yok:
Kim ne karışır ezel nakkaşının işine?

Gülün yüzünde çiy incisi nevruzun ne hoş!
Yeşillikte gönül aydınlatan yüzün ne hoş!
Dün geçti gitti, hoş değil ondan söz etmemiz:
Hoş tut gönlün, anma dünü, bak bugün ne hoş.

Benim varlığım senin yaptığın bir nakış;
Türlü garip renklerini hep senden almış;
Kendimi düzeltmeğe nasıl varsın elim:
Senden güzelini yapmak bana mı kalmış!

Yetmiş iki ayrı millet, bir o kadar da din!
Tek kaygısı seni sevmek benim milletimin;
Kâfirlik müslümanlık neymiş, sevap günah ne?
Maksat sensin, araya dolambaçlar girmesin.

Yazık, gönül derdine derman bulmadı
Canım dudağıma geldi canan gelmedi
Dünyadan habersiz sona ermekte ömrüm
O aşk efsanesi hâlâ sona ermedi.

Feleğin çarkı döner, ne tuz bilir ne ekmek
Balık gibi çıplak kor gider bizi felek
Kadınların çıplakları giydiren çıkrığı
Feleğin çarkından daha yararlı demek.

Kalk oyna, ayakların ellerimize uysun
Biz içerken o mavi gözler süzülsün
Yirmi yaşında şarap içmenin tadı yok
Altmışından sonra içeceksin ki değsin.

Bu fakir köşede şarap ve çalgı yeter bize
Rahmet umudu, azap korkusu bizim nemize?
Canı, başı, sarığı rehine verip içmişiz
Hava, toprak, su ve ateş uğramaz semtimize.

Zahide hurilerle dolu cennet hoş gelir
Oysa bana üzümün suyu daha hoş gelir
Onun cenneti veresiye benimki peşin
Ne var ki uzaktan davulun sesi hoş gelir.

Şarap beden gücüdür, can gücüdür bana;
Çözülmedik ne sırları çözdürür bana;
İstemem dünyayı ahreti şarap varken;
Bir damlası iki dünyadan yeğdir bana.

Bülbül ötmeğe başlayınca bahçemizde;
Bir lâle gibi açsın şarap elimizde;
Elde kadehle öldü diyecekler bir gün,
Ko desin cahil herifler, ne umurumuzda.

O bilginler ki evrenin özetidirler;
Düşüncelerinin atı göklerde gezer;
İş kavramaya gelince senin özünü
Şaşkınlıktan felek gibi başları döner.

Baharlar yazlar geçer sonbahar gelir;
Ömrümün yaprakları dökülür bir bir;
Şarap iç, gam yeme, bak ne demiş bilge:
Dünya dertleri zehir, şarap panzehir.

Güzelim can çıkıp gidince bedenimizden
Birkaç kerpiç olacak mezarımızı örten;
Gün gelecek, mezar yapmak için başkasına
Kerpiç dökecekler kalacak toprakla bizden.

Âşıklar meclisinde yer bulmuşuz birlikte;
Dünyanın dertlerinden kurtulmuşuz birlikte;
İçip birer kadeh bu sevincin şarabından
Özgürlüğe ermiş, sarhoş olmuşuz birlikte.

Akılla bir konuşmam oldu dün gece;
Sana soracaklarım var, dedim;
Sen ki her bilginin temelisin,
Bana yol göstermelisin
Yaşamaktan bezdim, ne yapsam?
Birkaç yıl daha katlan, dedi.
Nedir; dedim bu yaşamak?
Bir düş, dedi; birkaç görüntü.
Evi barkı olmak nedir? dedim;
Biraz keyfetmek için
Yıllar yılı dert çekmek, dedi.
Bu zorbalar ne biçim adamlar? dedim;
Kurt, köpek, çakal makal, dedi.
Ne dersin bu adamlara, dedim;
Yüreksizler, kafasızlar, soysuzlar, dedi.
Benim bu deli gönlüm, dedim;
Ne zaman akıllanacak?
Biraz daha kulağı burkulunca, dedi.
Hayyam'ın bu sözlerine ne dersin, dedim;
Dizmiş alt alta sözleri,
Hoşbeş etmiş derim, dedi.